口ずさむ
良寛の詩歌《うた》

全国良寛会

題字　斎藤信夫

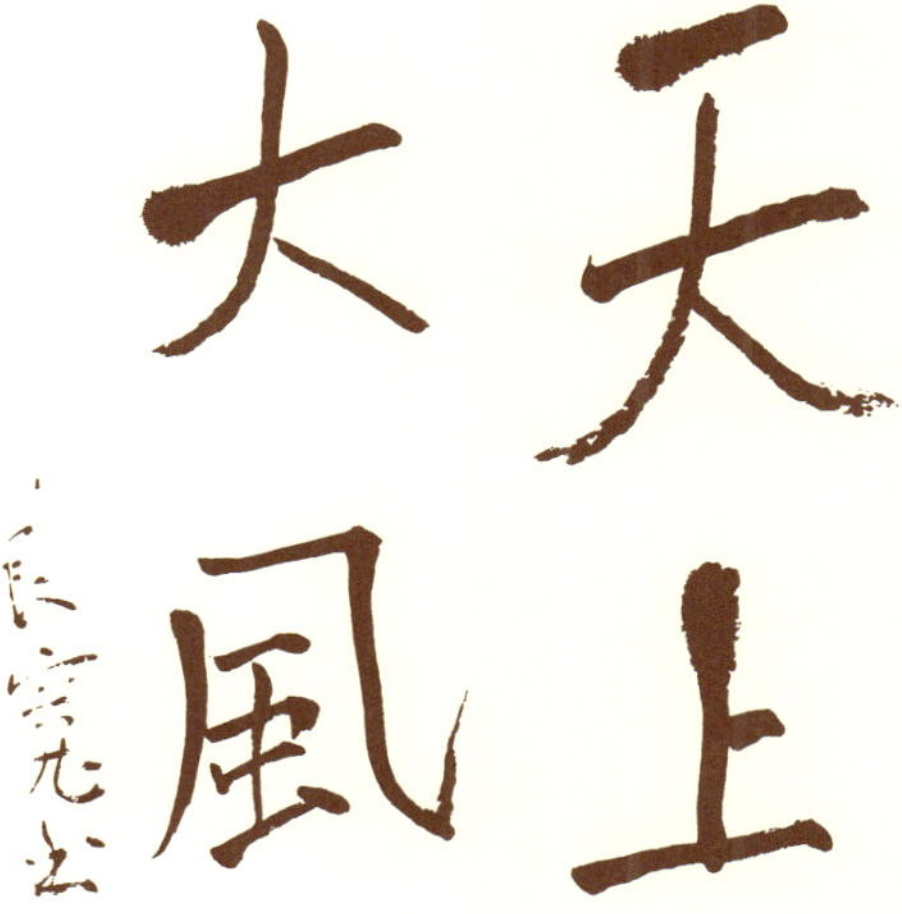

大空《おおぞら》に
良寛《りょうかん》の
うた
口《くち》ずさむ

はじめに

良寛に学ぶ──詩歌《うた》の愛唱を！

良寛は、財産や名誉・権力など人間をまどわす一切の想念を取り払って、物質的にはこの世で最も貧しい生活を続けながら、清らかで美しく優しい心をもって、風雅を友としつつ、芸術の境地にひたりながら、優游たる人生を送りました。

良寛の心を支えていたとされる仏教では、一宗一派にくみさず、釈迦仏教そのものに迫り、また論語や老荘の思想を深く体して自然に、純粋な生涯を送りました。「やわらかな心」を持ち大人でも子供でも、また動物や植物にいたるまで同じ愛情で接するなど、その人間性は限りなく豊かで慈愛に満ち、「生き仏」であるとさえ言われるに至りました。

今では国内はもとよりのこと、世界各国でも、良寛の思想や生き方などに関心を寄せる人々も多くなり、世界七か国語で良寛に関する著作が出版されるという広がりを見せています。

さて良寛の芸術でありますが、和歌については最終的には万葉集を学びながら、平明、清澄な良寛調ともいわれる歌風を確立し、約千四百首にもおよぶ歌を遺しました。また漢詩については、中国最古の「詩経」や「楚辞」を基とし、寒山詩の影響を帯びながら透徹した心境で、情感に満ちた七百余の詩偈《しげ》を詠じております。そして書芸では、中国の王羲之、懐素のほか、日本では秋萩帖などを熱心に修練し、枯淡無類にして他の追随を許さぬという格調高い書風を遺し、国の重要文化財ともなっております。

その他、国の内外を問わず漢学や国学に対する深い学識は、当時超一流の学者でもあったと評価されているほどです。

以上のような良寛を知るためには、良寛の詠んだ漢詩や和歌などの芸術に触れて、その人間性の真価や魅力を理解し深めてゆくことが求められるのですが、膨大な数のなかからでは、なかなか至難のことであると思います。そこで多くの良寛愛好者間で親しまれている詩歌の代表的なものを選び、提供することとしました。

まず声を出して読んで見て下さい。朗誦し暗誦することによって、視覚聴覚を刺激しつつ深く脳裡へ刻み込まれてゆくことでしょう。そして次第に良寛へのアプローチとして甦ることが期待されるものと思います。

掲出した詩歌に解説や評釈を敢えて付けなかったのは、先ず原文を暗誦朗読することによって、余分を介入させることなく原文自体を脳裡に強く染み込ませることが先決であると考えられるからであります。意味を理解しても原文の記憶のないままでは、千《せん》慮《りょ》の一失として無意味なものとなりましょう。原文をしっかりと記憶していれば、やがていつか折りに触れ、事に当たって、ふとした機会に本旨を会得するといった経験は、誰にでもよくあることではないでしょうか。

千年に一人とも、いや二千年に一人しか世に現れないともいわれる世界の偉人良寛に学ぶ糸口として、まずは一首一篇を朗誦暗記して見ましょう。

物質万能の世界から、豊かに温かな心の世界が待っています。

全国良寛会

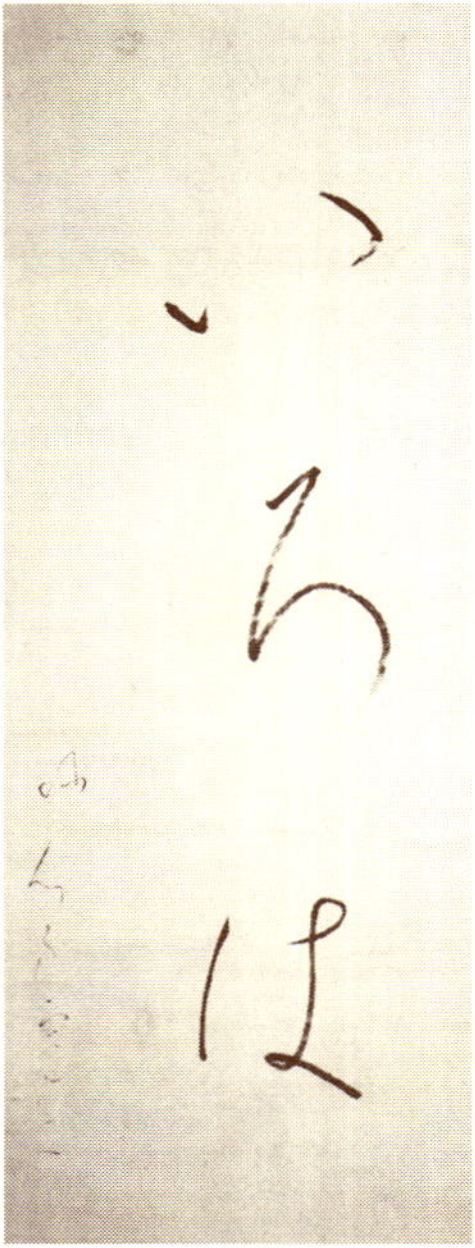

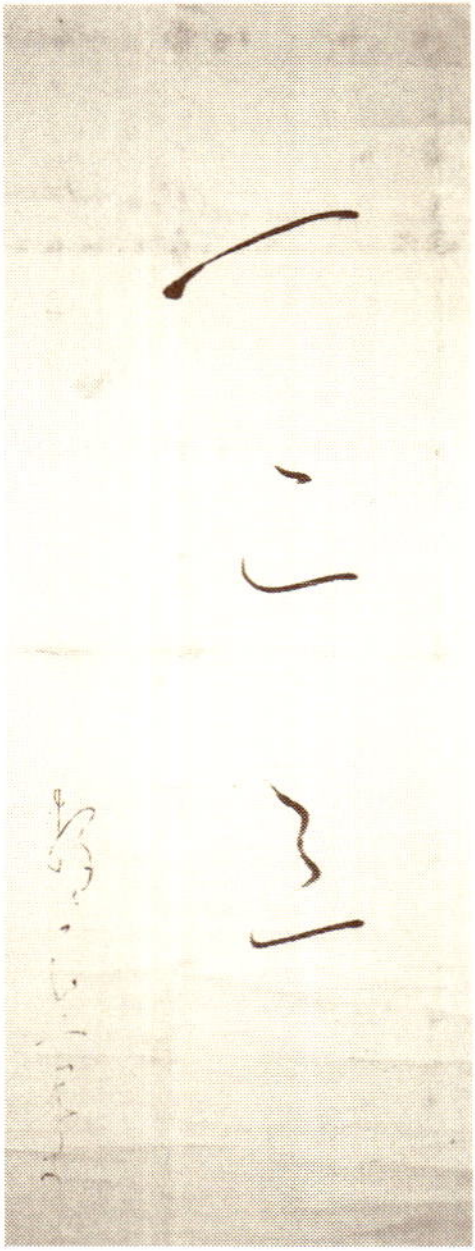

もくじ

はじめに……4
花《はな》の章《しょう》……11
時鳥《ほととぎす》の章《しょう》……41
紅葉《もみじ》の章《しょう》……55
雪《ゆき》の章《しょう》……85
戒語《かいご》……102
良寛《りょうかん》の生涯《しょうがい》……106
さくいん……108
あとがき……110

国上の里

花《はな》の章《しょう》

じんばそに※　酒《さけ》に山葵《わさび》に　賜《たまわ》るは
春《はる》はさびしく　あらせじとなり
※神馬藻（五月飾りや食用にする海藻）

何《なに》となく　心《こころ》さやぎて　寝《い》ねられず
明日《あした》は春《はる》の　初《はじ》めと思《おもえ》へば

なにとなくこゝろさゝやきて
ねむられさるあたはゝはるの
はしめとおもへは

　　ふゝ気作歌

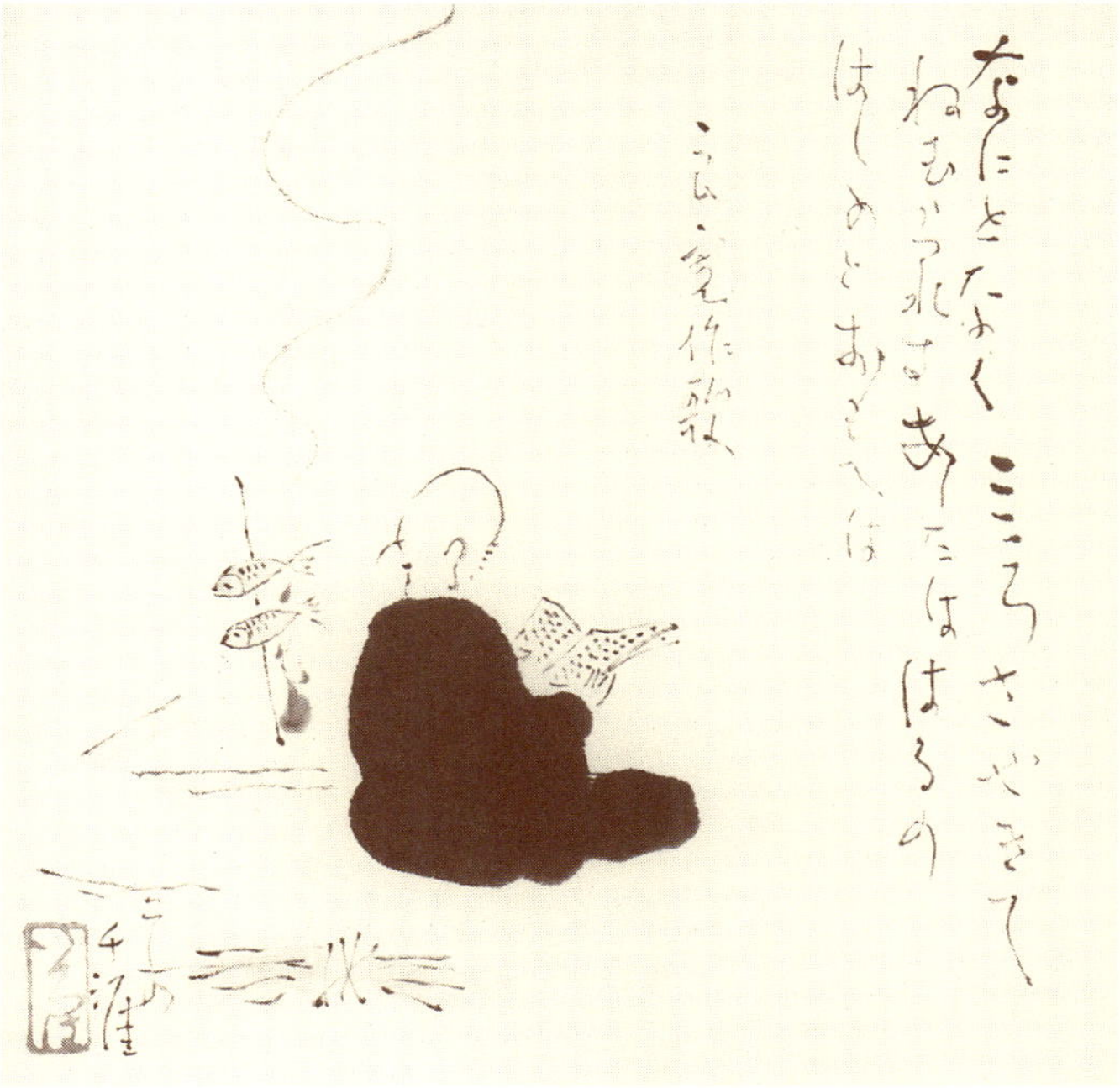

あしびきの　此山里《このやまざと》の　夕月夜《ゆうづくよ》
ほのかに見《み》るは　梅《うめ》の花《はな》かも

天《あめ》が下《した》に　満《み》つる玉《たま》より　黄金《こがね》より
春《はる》の初《はじ》めの　君《きみ》がおとづ《ず》れ

あづさゆみ　春《はる》さり来《く》れば　飯乞《いいこう》ふと　里《さと》にい行《ゆ》けば
里子《さとこ》供《ども》　道《みち》のちまたに　手毬《てまり》つく　我《われ》も交《まじ》りぬ　そが中《なか》に
一二三四五六七《ひふみよいむな》　汝《な》がつけば　我《わ》は歌《うたい》ひ　我《わ》がうたへ《え》ば
汝《な》はつきて　つきて歌《うたい》ひて　霞《かすみ》立《た》つ　永《なが》き春日《はるひ》を
暮《く》らしつるかも

この里《さと》に　手毬《てまり》つきつつ　子供《こども》らと
遊《あそ》ぶ春日《はるひ》は　暮《く》れずともよし

霞《かすみ》立《た》つ　永《なが》き春日《はるひ》を　子供《こども》らと
手毬《てまり》つきつつ　この日《ひ》暮《く》らしつ

いざ子供《こども》　山《やま》べに行《ゆ》かむ《ん》　桜見《さくらみ》に
明日《あす》とも言《い》はば《わ》　散《ち》りもこそせめ

久方《ひさかた》の　天《あま》ぎる雪《ゆき》と　見《み》るまでに
降《ふ》るは桜《さくら》の　花《はな》にぞありける

さすたけの　君《きみ》が贈《おく》りし　新毬《にいまり》を
つきて数《かぞ》へて　この日《ひ》暮《く》らしつ

つきてみよ　一二三四五六七八《ひふみよいむなや》　九《ここ》の十《とお》
十《とお》とを《お》さめて　また始《はじ》まるを

道《みち》の辺《べ》に　菫《すみれ》摘《つ》みつつ　鉢《はち》の子《こ》を
忘《わす》れてぞ来《こ》し　その鉢《はち》の子《こ》を

鉢《はち》の子《こ》に　すみれたむぽ《ん》ぽ　こき混《ま》ぜて
三世《みよ》のほとけに　奉《たてまつ》りてな

はちのこにすみれ
たんほほこきませて
三世の仏に
たてまつりてむ
良寛うた

たまきはる　命死《いのちし》なねば　この園《その》の
花咲《はなさ》く春《はる》に　逢《あ》ひ《い》にけらしも

この里《さと》の　桃《もも》の盛《さか》りに　来《き》て見《み》れば
流《ながれ》にうつる　花《はな》のくれなゐ《い》

薪《たきぎ》こり　此山陰《このやまかげ》に　を《お》の取《と》りて
幾《いく》たびか聞《き》く　鶯《うぐいす》の声《こえ》

霞立《かすみた》つ　永《なが》き春日《はるひ》に　鶯《うぐいす》の
鳴《な》く声聞《こえき》けば　心《こころ》はなぎぬ

古《いにしえ》へに　変《かわ》はらぬものは　荒磯海《ありそみ》と
向《む》かひ《い》に見《み》ゆる　佐《さ》渡《ど》の島《しま》なり

たらちねの　母《はは》が形見《かたみ》と　朝夕《あさゆう》に
佐《さ》渡《ど》の島《しま》べを　うち見《み》つるかも

草《くさ》の庵《いお》に　足《あし》さしのべて　小山田《おやまだ》の
かはづ《わず》の声《こえ》を　聞《き》かくしよしも

あしびきの　山田《やまだ》の田居《たい》に　鳴《な》く蛙《かわず》
声《こえ》のはるけき　この夕《ゆう》べかも

むらぎもの　心楽《こころたの》しも　春《はる》の日《ひ》に
鳥《とり》のむらがり　遊《あそ》ぶを見《み》れば

春《はる》の野《の》の　かすめる中《なか》を　我《わ》が来《く》れば
を《お》ち方里《かたさと》に　駒《こま》ぞいななく

青《あお》みたる　なかに辛夷《こぶし》の　花《はな》ざかり

鶯《うぐいす》に　夢《ゆめ》さまされし　朝《あさ》げかな

水《みず》の面《も》に　あや織《お》りみだる　春《はる》の雨《あめ》

山里《やまざと》は　蛙《かわず》の声《こえ》と　なりにけり

手《て》を振《ふっ》て　泳《およ》いでゆくや　鰯売《いわしう》り

いでわれも　今日《きょう》はまぢ《じ》らむ《ん》　春《はる》の山《やま》

春夜二三更
等間出柴門
微雪覆松杉
孤月上層巒
思人山河遠
含翰思万端

春夜《しゅんや》　二《に》三更《さんこう》
等間《とうかん》　柴門《さいもん》を出《い》ず
微雪《びせつ》　松杉《しょうさん》を覆《おお》い
孤月《こげつ》　層巒《そうらん》に上《のぼ》る
人《ひと》を思《おも》えば　山河《さんが》遠《とお》く
翰《かん》を含《ふく》めば　思《おも》い万端《ばんたん》たり

花無心招蝶
蝶無心尋花
花開時蝶来
蝶来時花開
吾亦不知人
人亦不知吾
不知従帝則

花《はな》は　心無《こころな》くして蝶《ちょう》を招《まね》き
蝶《ちょう》は　心無《こころな》くして花《はな》を尋《たず》ぬ
花開《はなひら》く時《とき》　蝶来《ちょうきた》り
蝶来《ちょうきた》る時《とき》　花開《はなひら》く
吾《われ》も亦《また》　人《ひと》を知《し》らず
人《ひと》も亦《また》　吾《われ》を知《し》らず
知《し》らずして　帝《てい》の則《のり》に従《したが》う

間庭百花発
余香入此堂
相対共無語
春夜夜将央

間庭《かんてい》 百花《ひゃっか》発《ひら》き
余香《よこう》 此《こ》の堂《どう》に入《い》る
相対《あいたい》して 共《とも》に語《かた》る無《な》く
春夜《しゅんや》 夜将《よるまさ》に央《なかば》ならんとす

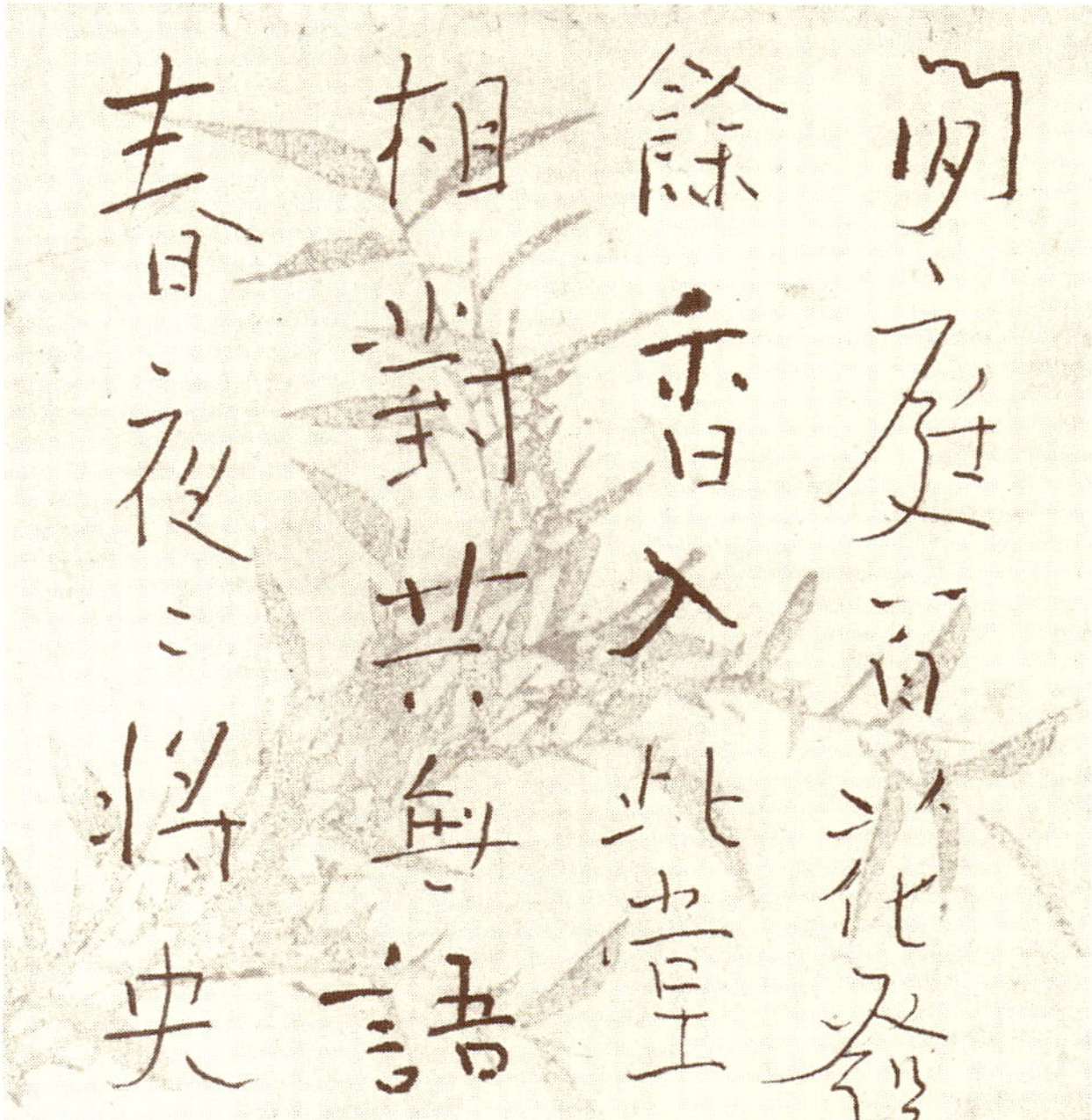
閑庭百花發
餘香入此堂
相對共無語
春夜々將央

担薪下翠岑
翠岑路不平
時息長松下
静聞春禽声

薪《たきぎ》を担《にな》って　翠岑《すいしん》を下《くだ》る
翠岑《すいしん》　路《みち》平《たい》らかならず
時《とき》に息《いこ》う　長松《ちょうしょう》の下《もと》
静《しず》かに聞《き》く　春禽《しゅんきん》の声《こえ》

十字街頭乞食了
八幡宮辺方徘徊
児童相見共相語
去年痴僧今又来

十字街頭《じゅうじがいとう》　食《じき》を乞《こ》い了《お》わり
八幡宮辺《はちまんぐうへん》　方《まさ》に徘徊《はいかい》す
児童《じどう》相見《あいみ》て　共《とも》に相語《あいかた》る
去年《きょねん》の痴僧《ちそう》　今又来《いままたき》たると

対君君不語
不語意悠哉
帙散床頭書
雨打簾前梅

君《きみ》に対《たい》すれども　君語《きみかた》らず
語《かた》らざる意《い》　悠《ゆう》なる哉《かな》
帙《ちつ》は散《さん》ず　床頭《しょうとう》の書《しょ》
雨《あめ》は打《う》つ　簾前《れんぜん》の梅《うめ》

こしの千涯

袖裏繡毬直千金
謂言好手無等匹
可中意旨若相問
一二三四五六七

袖裏《しゅうり》の繡毬《しゅうきゅう》　直千金《あたいせんきん》
謂《おも》う言《われ》　好手等匹無《こうしゅとうひつな》しと
可《か》中《ちゅう》の意旨《いし》　若《も》し相問《あいと》わば
一二《いちに》三四《さんし》　五六七《ごろくしち》

大江茫茫春将暮
楊花飄飄点衲衣
一声漁歌杳靄裡
無限愁腸為誰移

大江茫々《たいこうぼうぼう》として　春将《はるまさ》に暮《くれ》んとす
楊花《ようか》飄々《ひょうひょう》として　衲衣《のうえ》に点《てん》ず
一声《いっせい》の漁歌《ぎょか》　杳靄《ようあい》の裡《うち》
無《む》限《げん》の愁腸《しゅうちょう》　誰《たれ》が為《ため》にか移《うつ》さん

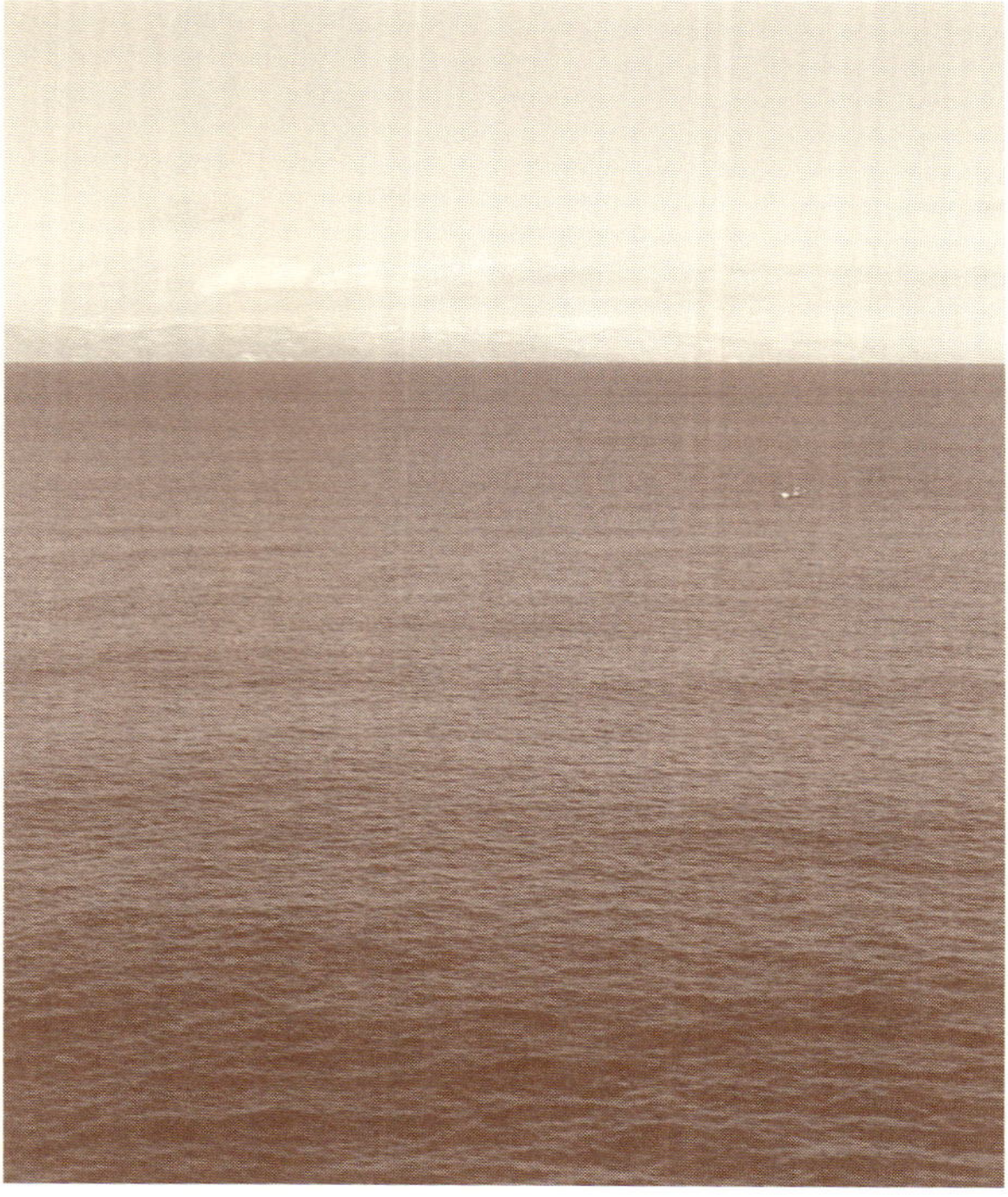

出雲崎の海

時鳥《ほととぎす》の章《しょう》

あしびきの　山田《やまだ》の小父《おじ》が　ひめもすに
い行《ゆ》きかへ《え》らひ《い》　水運《みずはこ》ぶ見《み》ゆ

五月雨《さみだれ》の　晴《は》れ間《ま》に出《い》でて　眺《なが》むれば
青田《あおた》涼《すず》しく　風渡《かぜわた》るなり

青山《あおやま》の　木《こ》ぬれたちぐき　時鳥《ほととぎす》
鳴《な》く声《こえ》きけば　いにしへ《え》思《おも》ほゆ

あしびきの　岩間《いわま》を伝《つた》ふ　苔水《こけみず》の
かすかに我《われ》は　すみ渡《わた》るかも

夏山《なつやま》を　越《こ》えて鳴《な》くなる　時鳥《ほととぎす》
声《こえ》のはるけき　この夕《ゆう》べかな

国上山《くがみやま》　松風涼《まつかぜすず》し　越《こ》えくれば
やまほととぎす　遠路近路《おちこち》に鳴《な》く

里辺《さとべ》には　笛《ふえ》や鼓《つづみ》の　音《おと》すなり
深山《みやま》はさはに《わ》　松《まつ》の音《おと》して

風《かぜ》は清《きよ》し　月《つき》はさやけし　いざ共《とも》に
踊《おど》り明《あ》かさむ《ん》　老《お》いの名残《なご》りに

いざ歌《うたえ》へ　我立《われた》ち舞《まわ》はむ《ん》　ひさかたの
今宵《こよい》の月《つき》に　寝《い》ねらるべしや

久方《ひさかた》の　雲《くも》のあなたに　住《す》む人《ひと》は
常《つね》にさやけき　月《つき》を見《み》るらむ《ん》

人《ひと》の皆《みな》　ねぶたき時《とき》の　ぎやうぎやうし※

※行行子＝ヨシキリの異称（ヒタキ科の夏鳥）

手《て》ぬぐひで　年《とし》をかくすや　ぼむをどり

鉄鉢《てっぱつ》に　明日《あす》の米《こめ》あり　夕涼《ゆうすず》み

無欲一切足
有求万事窮
淡菜可療饑
衲衣聊纏躬
独往伴麋鹿
高歌和村童
洗耳巌下水
可意嶺上松

欲《よく》無《な》ければ　いっさい足《た》り
求《もと》むる有《あ》れば　万事《ばんじ》窮《きわ》まる
淡菜《たんさい》　饑《う》えを療《いや》す可《べ》く
衲衣《のうえ》　聊《いささ》か躬《み》に纏《まと》う
独往《どくおう》して　麋鹿《びろく》を伴《とも》とし
高歌《こうか》して　村童《そんどう》に和《わ》す
耳《みみ》を洗《あら》う　巌下《がんか》の水《みず》
意《こころ》に可《か》なり　嶺上《れいじょう》の松《まつ》

題蛾眉山下橋杭

不知落成何年代
書法遒美且清新
分明蛾眉山下橋
流寄日本宮川浜

蛾眉山下《がびさんか》の橋杭《きょうこう》に題《だい》す

知《し》らず落成《らくせい》 何《いず》れの年代《ねんだい》ぞ
書法《しょほう》 遒美《しゅうび》にして且《か》つ清新《せいしん》
分明《ぶんめい》なり 蛾眉山下《がびさんか》の橋《はし》
流《なが》れ寄《よ》る 日本宮川《にほんみやがわ》の浜《はま》

避雨

今日乞食逢驟雨
暫時廻避古祠中
可咲一瓶与一鉢
生涯蕭灑破家風

避雨《ひう》

今日《きょう》食《じき》を乞《こ》うて　驟雨《しゅうう》に逢《あ》い
暫時《ざんじ》廻避《かいひ》す　古祠《こし》の中《うち》
咲《わら》う可《べ》し　一瓶《いちびょう》と一鉢《いっぱつ》与《と》を
生涯蕭灑《しょうがいしょうさい》たり　破家《はけ》の風《ふう》

今日乞食逢驟雨
こしの千涯

島崎の月

紅葉《もみじ》の章《しょう》

あはれ《わ》さは　いつはあれども　葛《くず》の葉《は》の
うら吹《ふ》き返《かえ》す　秋《あき》の初風《はつかぜ》

この夕《ゆう》べ　秋《あき》は来《き》ぬらし　我《わ》が宿《やど》の
草《くさ》むらごとに　虫《むし》の声《こえ》する

水《みず》も行《ゆ》かず　月《つき》も来《き》たらず　しかはあれど
波間《なみま》に浮《う》かぶ　影《かげ》の清《きよ》さよ

白妙《しろたえ》の　衣手寒《ころもでさむ》し　秋《あき》の夜《よ》の
月《つき》なか空《ぞら》に　澄《す》みわたるかも

秋《あき》の野《の》の　草葉《くさば》の露《つゆ》を　玉《たま》と見《み》て
取《と》らむ《ん》とすれば　かつ消《き》えにけり

しきたへ《え》の　枕去《まくらさ》らずて　きりぎりす
夜《よ》もすがら鳴《な》く　枕去《まくらさ》らずて

秋《あき》の日《ひ》に　光《ひか》り輝《かがや》く　薄《すすき》の穂《ほ》
これの高屋《たかや》に　のぼりて見《み》れば

さびしさに　草《くさ》の庵《いおり》を　出《で》て見《み》れば
稲穂《いなほ》おしなみ　秋風《あきかぜ》ぞ吹《ふ》く

月《つき》よみの　光《ひかり》を待《ま》ちて　帰《かえ》りませ
山路《やまじ》は栗《くり》の　毬《いが》の落《お》つれば

月《つき》よみの　光《ひかり》を待《ま》ちて　帰《かえ》りませ
君《きみ》が家路《いえじ》は　とほ《お》からなくに

月よみのひかりをまちて
かへりませ
やまみちはくりのいかのおふきに

秋《あき》の雨《あめ》の　日《ひ》に日《ひ》に降《ふ》るに　あしびきの
山田《やまだ》の小父《おじ》は　奥手刈《おくてか》るらん

あしびきの　国上《くがみ》の山《やま》の　山畑《やまばた》に
蒔《ま》きし大根《おおね》ぞ　あさず食《お》せ君《きみ》

夕暮《ゆうぐ》れに　国上《くがみ》の山《やま》を　越《こ》えくれば
衣手寒《ころもでさむ》し　木《こ》の葉散《はち》りつつ

来《き》てみれば　わが故郷《ふるさと》は荒《あ》れにけり
庭《にわ》も籬《まがき》も　落葉《おちば》のみして

行《ゆ》く秋《あき》の　あはれ《わ》を誰《たれ》に　語《かた》らまし
あかざ籠《こ》にれて　帰《かえ》る夕暮《ゆうぐ》れ

老《お》いの身《み》の　あはれ《わ》を誰《たれ》に　語《かた》らまし
杖《つえ》を忘《わす》れて　帰《かえ》る夕暮《ゆうぐ》れ

夕霧《ゆうぎり》に　遠路《おち》の里辺《さとべ》は　埋《うず》もれぬ
杉立《すぎた》つ宿《やど》に　帰《かえ》るさの道《みち》

秋《あき》もやや　うら寂《さび》しくぞ　なりにけり
小笹《おざさ》に雨《あめ》の　注《そそ》ぐを聞《き》けば

飯乞《いいこう》ふと　里《さと》にも出《い》でず　この頃《ごろ》は
時雨《しぐれ》の雨《あめ》の　間《ま》なくし降《ふ》れば

山《やま》かげの　草《くさ》の庵《いおり》は　いと寒《さむ》し
柴《しば》を焚《た》きつつ　夜《よ》を明《あ》かしてむ《ん》

形見《かたみ》とて　何《なに》か残《のこ》さむ《ん》　春《はる》は花《はな》
夏《なつ》ほととぎす　秋《あき》はもみぢ葉《じば》

岩室《いわむろ》の　田中《たなか》の松《まつ》を　今朝見《けさみ》れば
時雨《しぐれ》の雨《あめ》に　濡《ぬ》れつつ立《た》てり

秋《あき》もやや　夜寒《よさむ》になりぬ　我《わ》が門《かど》に
つづれさせてふ《ちょう》　虫《むし》の声《こえ》する

水《みず》や汲《く》まむ《ん》　薪《たきぎ》や伐《こ》らむ《ん》　菜《な》や摘《つ》まむ《ん》
秋《あき》の時雨《しぐれ》の　降《ふ》らぬその間《ま》に

やまたづ《ず》の　向《む》かひ《い》の岡《おか》に　小牡鹿《さおしか》立てり
神無月《かみなづき》　時雨《しぐれ》の雨《あめ》に　濡《ぬ》れつつ立《た》てり

ひさかたの　月《つき》の光《ひかり》の　清《きよ》ければ　照《て》らしぬきけり
唐《から》も大和《やまと》も　昔《むかし》も今《いま》も　うそもまことも　闇《やみ》も光《ひかり》も

盗人《ぬすびと》に　とり残《のこ》されし　窓《まど》の月《つき》

秋日和《あきびより》　千羽《せんば》雀《すずめ》の　羽音《はおと》かな

焚《た》くほどは　風《かぜ》がもて来《く》る　落《お》ち葉《ば》かな

たくほどは
かぜもてくる
おちばかな

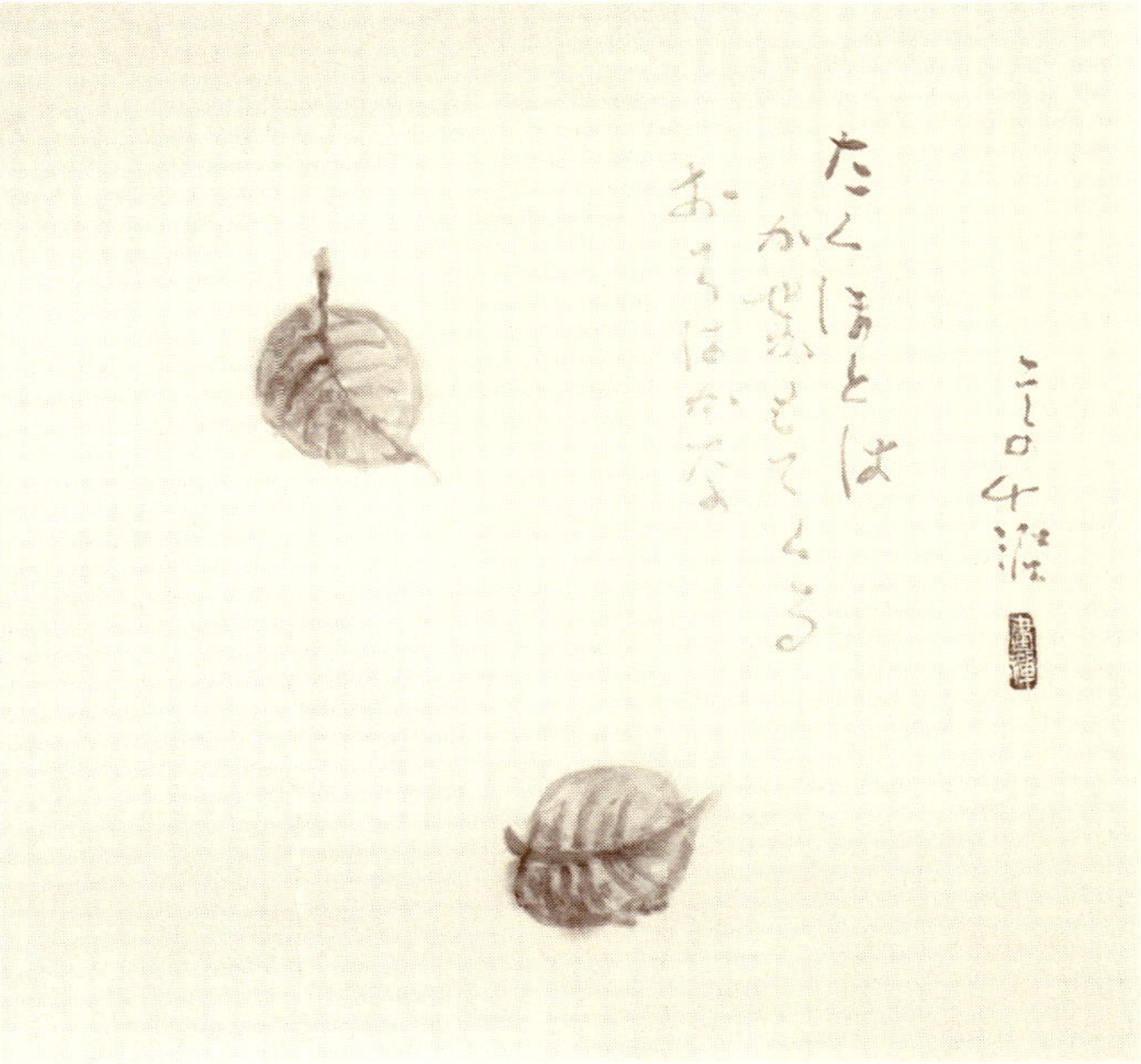

生涯懶立身
騰騰任天真
嚢中三升米
炉辺一束薪
誰問迷悟跡
何知名利塵
夜雨草庵裏
双脚等閑伸

生涯《しょうがい》　身《み》を立《た》つるに懶《ものう》く
騰々《とうとう》として　天真《てんしん》に任《まか》す
嚢中《のうちゅう》　三升《さんじょう》の米《こめ》
炉辺《ろへん》　一束《いっそく》の薪《たきぎ》
誰《たれ》か問《と》わん　迷悟《めいご》の跡《あと》
何《なん》ぞ知《し》らん　名利《みょうり》の塵《ちり》
夜雨《やう》　草庵《そうあん》の裏《うち》
双脚《そうきゃく》　等閑《とうかん》に伸《の》ばす

遠山飛鳥絶
閑庭落葉頻
寂寞秋風裡
独立緇衣人

遠山《えんざん》　飛鳥《ひちょう》絶《た》え
閑庭《かんてい》　落葉《らくよう》頻《しき》りなり
寂寞《せきばく》たる　秋風《しゅうふう》の裡《うち》
独《ひと》り立《た》つ　緇衣《しえ》の人《ひと》

五合庵

索索五合庵
実如懸磬然
戸外杉千株
壁上偈数篇
釜中時有塵
甑裏更無烟
唯有東村叟
頻叩月下門

五《ご》合《ごう》庵《あん》

索々《さくさく》たる　五合庵《ごごうあん》
実《じつ》に　懸磬《けんけい》の如《ごと》く然《しか》り
戸外《こがい》　杉《すぎ》千株《せんしゅ》
壁上《へきじょう》　偈《げ》数篇《すうへん》
釜中《ふちゅう》　時《とき》に塵《ちり》有《あ》り
甑裏《そうり》　更《さら》に烟《けむり》無《な》し
唯《ただ》　東村《とうそん》の叟《おきな》有《あ》りて
頻《しき》りに叩《たた》く　月下《げっか》の門《もん》

月《つき》の兎《うさぎ》

石《いそ》の上《かみ》
古《ふ》りにしみ世《よ》に
有《あ》りと云ふ《いう》
猿《まし》と兎《うさぎ》と
狐《きつね》とが
友《とも》を結《むす》びて
朝《あした》には
野《ぬ》山《やま》に遊《あそ》び
夕《ゆう》べには
林《はやし》に帰《かえ》り
かくしつつ
年《とし》の経《へ》ぬれば

久方《ひさかた》の　天《あめ》の帝《みかど》の
聴《きき》まして　其《そ》れが実《まこと》を
知む《しらん》とて　翁《おきな》となりて
そが許《もと》に　よろぼひ《い》行《ゆ》きて
申《もう》すらく　汝等《なんだち》たぐひ《い》を
異《こと》にして　同《おな》じ心《こころ》に
遊《あそ》ぶてふ《ちょう》　信《まこと》聞《き》きしが
如《ごと》あらば　翁《おきな》が飢《うえ》を
救へ《すくえ》とて　杖《つえ》を投《なげ》て

息《いこい》ひしに
ややありて
林《はやし》より
来《きた》りたり
河原《かわら》より
与《あたえ》へたり
跳《と》び跳《と》べど
ありければ
異《こと》なりと
はかなしや

やすきこととて
猿《まし》はうしろの
菓《このみ》を拾《ひろい》ひて
狐《きつね》は前《まえ》の
魚《うお》をくはへ《わえ》て
兎《うさぎ》はあたりに
何《なに》ものせで
兎《うさぎ》は心《こころ》
詈《ののし》りければ
兎計《うさぎはか》りて

申《もう》すらく
刈《か》りて来《こ》よ
焼《たき》て給《た》べ
為《な》しければ
身《み》を投《な》げて
与《あたえ》へけり
見《み》るよりも
久方《ひさかた》の
うち泣《な》きて
ややありて

猿《まし》は柴《しば》を
狐《きつね》は之《こ》れを
言《い》ふ《う》が如《ごと》くに
烟《ほのお》の中《なか》に
知《し》らぬ翁《おきな》に
翁《おきな》は是《こ》れを
心《こころ》もしぬに
天《てん》を仰《あお》ぎて
土《つち》に僵《たお》りて
胸打《むねう》ち叩《たた》き

申《もう》すらく　汝等《なんだち》みたりの
友《とも》だちは　いづ《ず》れ劣《おと》ると
なけれども　兎《うさぎ》は殊《こと》に
やさしとて　骸《から》を抱《かかえ》へて
久方《ひさかた》の　月《つき》の宮《みや》にぞ
葬《はぶ》りける　今《いま》の世《よ》までも
語《かた》り継《つ》ぎ　月《つき》の兎《うさぎ》と
言《い》ふ《う》ことは　是《こ》れが由《よし》にて
ありけると　聞《き》く吾《われ》さへ《え》も
白栲《しろたえ》の　衣《ころも》の袂《そで》は
とほ《お》りてぬれぬ

雪の五合庵

雪《ゆき》の章《しょう》

今《いま》よりは　つぎて白雪《しらゆき》　積《つ》もるらし
道踏《みちふ》みわけて　誰《たれ》か訪《と》ふべき

いづ《ず》くより　夜《よる》の夢路《ゆめじ》を　たどり来《こ》し
み山《やま》はいまだ　雪《ゆき》の深《ふか》きに

埋《うず》み火《び》に　足《あし》さしくべて　臥《ふ》せれども
　今度《こたび》の寒《さむ》さ　腹《はら》に通《とお》りぬ

あは雪《わゆき》の　中《なか》に立《た》ちたる　三千大千世界《みちおおち》※
　またその中《なか》に　あは雪《わゆき》ぞ降《ふ》る

※大宇宙

いにしへ《え》を　思へ《おもえ》ば夢《ゆめ》か　うつつかも
夜《よる》は時雨《しぐれ》の　雨《あめ》を聞《き》きつつ

飯乞《いいこ》ふ《う》と　里《さと》にも出《い》でず　なりにけり
昨日《きのう》も今日《きょう》も　雪《ゆき》の降《ふ》れれば

きのふもけふも雪のふれゝは
こしの千涯

くさぐさの　綾《あや》おりいだす　五十《いそ》のおと
声《こえ》と響《ひび》きを　経緯《たてぬき》にして

世《よ》の中《なか》に　まじらぬとには　あらねども
ひとり遊《あそ》びぞ　我《われ》は勝《まさ》れる

いかなるが　苦《くる》しきものと　問《と》ふならば
人《ひと》を隔《へだ》つる　心《こころ》と答《こたえ》へよ

いかにして　誠《まこと》の道《みち》に　かなひなむ《いん》
千歳《ちとせ》のうちに　ひと日《ひ》なりとも

夕暮《ゆうぐ》れの　岡《おか》の松《まつ》の木《き》　人《ひと》ならば
昔《むかし》のことを　問《と》はましものを

みづ《ず》ぐきの　跡《あと》も涙《なみだ》に　かすみけり
在《あ》りし昔《むかし》の　ことを思《おもえ》へば

あづ《ず》さゆみ　春《はる》になりなば　草《くさ》の庵《いお》を
とく出《で》て来《き》ませ　逢《あ》ひ《い》たきものを

いついつと　待《ま》ちにし人《ひと》は　来《きた》りけり
今《いま》は相見《あいみ》て　何《なに》か思《おも》は《わ》む《ん》

今日もまた君まさばやとおもふかな
かへらぬことを言ふにあらねど
貞心
いづこへも立ちてをゆかむあすよりは
からすてふ名をひとのつくれは
山がらす里にいゆかは子がらすも
いざなひてゆけ羽ねよわくとも
いざなひてゆかばゆかめど
ひとの見てあやしめ
みれはいかに
してまし
とびはとび雀は
すゞめさぎはさぎ
烏はからすなにかあやしき
いざさらばわれはかへらむ君はここに
いやすくいねよはやあすにせむ
蓮の露 こしの千涯

あしびきの　国上《くがみ》の山《やま》の　冬《ふゆ》ごもり　日《ひ》に日《ひ》に雪《ゆき》の
降《ふ》るなべに　行《ゆ》き来《き》の道《みち》の　あとも絶《た》え　古里人《ふるさとびと》の
おともなし　うき世《よ》をここに　かど鎖《さ》して　飛騨《ひだ》の工《たくみ》が
うつ縄《なわ》の　ただ一《ひと》すぢ《じ》の　岩清水《いわしみず》　そを命《いのち》にて
新玉《あらたま》の　今年《ことし》の今日《きょう》も　暮《く》らしつるかも

のっぽりと　師走《しわす》も知《し》らず　弥彦山《やひこやま》

柴垣《しばがき》に　小鳥集《ことりあつ》まる　雪《ゆき》の朝《あさ》

柴焼《しばたい》て　時雨聞《しぐれき》く夜《よ》と　なりにけり

円通寺

従来円通寺
幾回経冬春
門前千家邑
乃不識一人
衣垢手自濯
食尽出城闉
曽読高僧伝
僧可可清貧

円通寺《えんつうじ》

円通寺《えんつうじ》に　来《きた》りて従《よ》り
幾回《いくかい》か　冬春《とうしゅん》を経《へ》たる
門前《もんぜん》　千家《せんけ》の邑《ゆう》
乃《すなわ》ち　一人《いちにん》をも識《し》らず
衣《え》垢《あか》づけば　手自《てずか》ら濯《あら》い
食《じき》尽《つ》くれば　城闉《じょういん》に出《い》ず
曽《かつ》て　高僧《こうそう》の伝《でん》を読《よ》むに
僧《そう》は　清貧《せいひん》を可《か》とすべし

一思少年時
読書在空堂
燈火数添油
未厭冬夜長

一《いっ》に思《おも》う　少年《しょうねん》の時《とき》
書《しょ》を読《よ》んで　空堂《くうどう》に在《あ》り
燈火《とうか》　数《しばしば》油《あぶら》を添《そ》えども
未《いま》だ厭《いと》わず　冬夜《とうや》の長《なが》きを

草庵雪夜作

回首七十有余年
人間是非飽看破
往来跡幽深夜雪
一炷線香古匆下

草庵雪夜《そうあんせつや》の作《さく》

回首《かいしゅ》す　七十有余年《しちじゅうゆうよねん》
人間《じんかん》の是非《ぜひ》　看破《かんぱ》するに飽《あ》く
往来《おうらい》の跡《あと》幽《かす》かなり　深夜《しんや》の雪《ゆき》
一炷《いっしゅ》の線香《せんこう》　古匆《こそう》の下《もと》

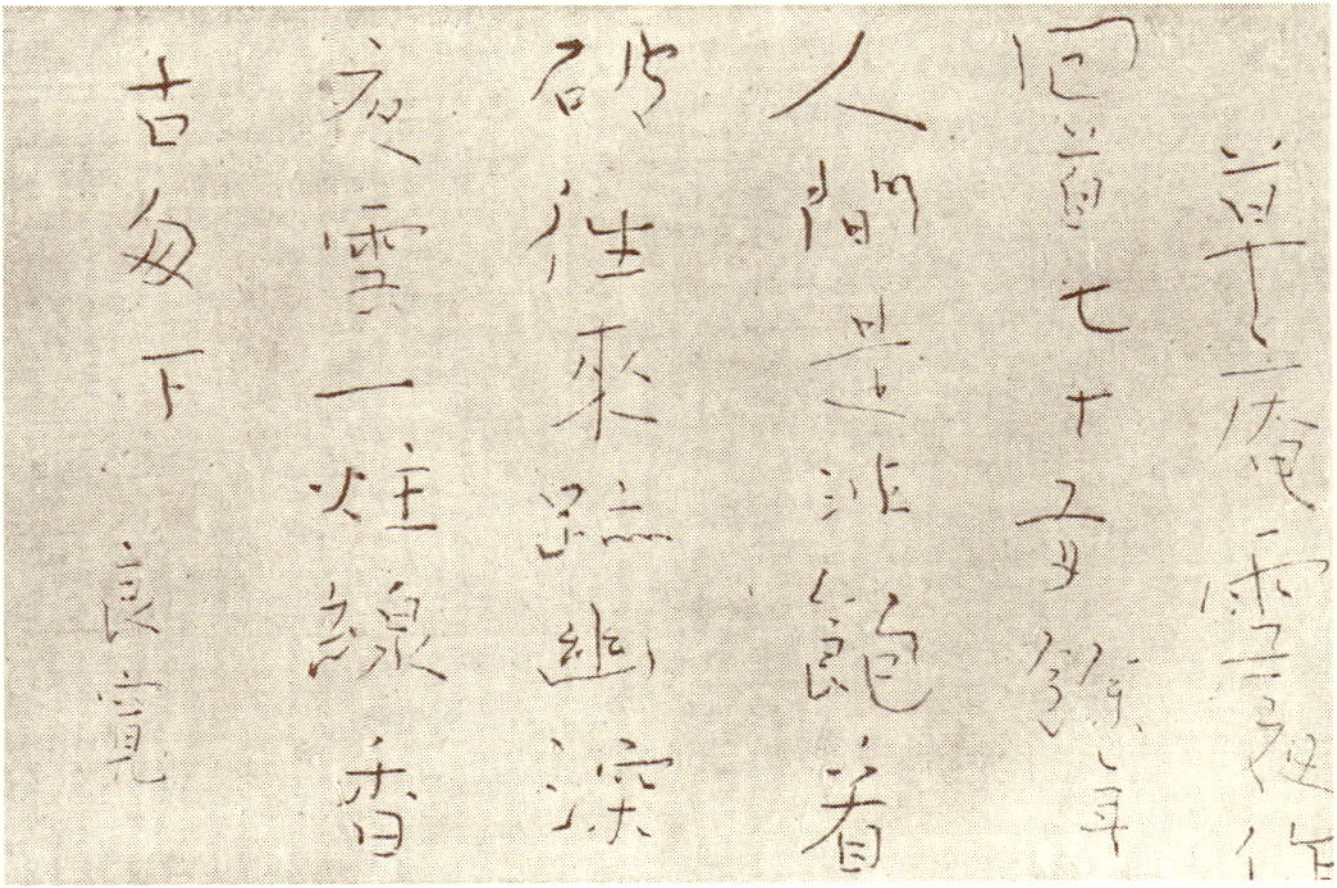
草庵雪夜作
回首七十有餘年
人間是非飽看
破往来跡幽深
夜雪一炷線香
古窓下
良寛

戒《かい》語《ご》

ことばのおおき
物《もの》いいのきわどき
くちのはやき
はなしのながき
とわずがたり
こうしゃくのながき
さしでぐち

手《て》がらばなし
じまんばなし
物《もの》いいのはてしなき
へらずぐち
人《ひと》の物《もの》いいきらぬうちにものいう
子《こ》どもをたらす
ことばのたがう
たやすくやくそくする
よく心《こころ》えぬ事《こと》を人《ひと》におしうる

ことわりの過《すぎ》たる
あの人《ひと》にいいてよきことをこの人《ひと》にいう
その事《こと》のはたさぬうちにこの事《こと》をいう
へつらう事《こと》
人《ひと》のはなしのじゃまする
あなどる事《こと》
しめやかなる座《ざ》にて心《こころ》なく物《もの》いう
人《ひと》のかくす事《こと》をあからさまにいう

はやまり過《すぎ》たる
しんせつらしく物《もの》いう
おのが氏《うじ》すじょうのたかきを人《ひと》にかたる
ものしりがおにいう
子《こ》どものこしゃくなる
老人《ろうじん》のくどき
人《ひと》に物《もの》くれぬさきにやろうという
くれてのち人《ひと》にその事《こと》をかたる

良寛の生涯　あらまし

西暦	年号	年令	良寛関連事項
一七五八	宝暦　八	一	誕生　幼名栄蔵《えいぞう》
			弟三人　妹三人の長男
一七五九	九	二	父以南　石井神社の神職を継ぐ
一七六五	明和　二	八	このころから寺子屋で学ぶ
一七七〇	七	一三	大森子陽の塾に入門
一七七二	安永　元	一五	このころ元服　文孝《ふみたか》と名乗る
一七七五	四	一八	子陽塾を辞める
			名主見習役になる
			光照寺の破了和尚に従い剃髪《ていはつ》
一七七九	八	二二	円通寺の国仙和尚に従い得度《とくど》
一七八三	天明　三	二六	母ひで死亡

一七九〇	寛政 二	三三	国仙和尚 良寛に印可《いんか》の偈《げ》（悟りを証明する漢詩）を与える
一七九一	三	三四	国仙和尚死亡 大森子陽死亡 このころ 四国行脚
一七九五	七	三八	以南 京都桂川に投身自殺
一七九六	八	三九	このころ帰国 郷本の空庵住まい
一七九七	九	四〇	国上の五合庵に住む
一八一六	文化一三	五九	五合庵から乙子神社草庵に定住
一八一九	文政 二	六二	長岡藩主 牧野忠精《ただきよ》と会う
一八二六	九	六九	島崎の木村家邸内の庵室に移住
一八二七	一〇	七〇	貞心尼 秋に訪問する
一八三〇	天保 元	七三	七月から病気 下痢 腹痛続く
一八三一	二	七四	正月六日死亡 八日葬式

た 薪こり 23
たまきはる 22
たらちねの 24
つきてみよ 19
月よみの 君が 60
月よみの 山路 60
な 夏山を 44
何となく 12
は 鉢の子に 20
春の野の 27
久方の 天ぎる 18
久方の 雲の 47
ひさかたの 月の光 71
ま 水も行かず 57
水や汲まむ 70
道の辺に 20
みづぐきの 93
むらぎもの 27
や 山かげの 67
やまたづの 71
夕霧に 66
夕暮れに 63
夕暮れの 93
行く秋の 64
世の中に 90

【俳句】
青みたる 28
秋日和 72
いでわれも 29
鶯に 28
柴垣に 97
柴焼て 97
焚くほどは 72
鉄鉢に 48
手ぬぐひで 48
手を振て 29
盗人に 72
のっぽりと 97
人の皆 48
水の面に 28
山里は 29

【漢詩】
一 一思少年時 99
十字街頭 35
大江茫々 39
不知落成 51
今日乞食 52
五 生涯懶立身 74
回首七十有 100
花無心招蝶 31
対君君不語 36
担薪下翠岑 34
春夜二三更 30
十 索索五合庵 76
従来円通寺 98
無欲一切足 50
間庭百花発 32
遠山飛鳥絶 75
袖裏繍毬 38

【戒語】 102

さくいん

【和歌】

あ 青山の 43
秋の雨の 62
秋の野の 58
秋の日に 59
秋もややうら寂しく 66
秋もやや夜寒 70
あしびきの（長歌） 96
あしびきの此山里の 14
あしびきの山田の田居 26
あしびきの山田の小父 42
あしびきの岩間 43
あしびきの国上の 62
あづさゆみ（長歌） 15
あづさゆみ春に 94
あはれさは 56
天が下に 14
あは雪の 87
いかなるが 92
いかにして 92
いざ歌へ 47
いざ子供 18
石の上（月の兎）（長歌） 78
いついつと 94
いづくより 86
いにしへを 88
古へに 24
飯乞ふとこの頃は 67
飯乞ふとなりにけり 88
今よりは 86
岩室の 68
埋み火に 87
老いの身の 64

か 風は清し 46
霞立つ永き春日に 23
霞立つ永き春日を 16
形見とて 68
来てみれば 63
国上山 44
くさぐさの 90
草の庵に 26
この里に 16
この里の 22
この夕べ 56

さ さすたけの 19
里辺には 46
五月雨の 42
さびしさに 59
しきたへの 58
白妙の 57
じんばそに 12

あとがき

この集は、良寛の和歌（短歌、旋頭歌、長歌）、漢詩、俳句の中で、多くの人々に愛唱されている中から特に親しみやすい詩歌を、谷川敏朗著『校注　良寛全歌集』『校注　良寛全詩集』『校注　良寛全句集』などを底本として選出されました。本会、吉田福恵参与の素案作成にかかるもので、その労を多とするものであります。

また挿絵として、心の良寛を生涯　描きつづけた　こしの千涯画伯の作品を使わせていただきました。嗣子の斎藤忠雄氏にお礼申しあげます。

さらに、監修をいただきました谷川敏朗氏、加藤僖一氏、写真提供の小林新一氏に厚く感謝申しあげます。

全国良寛会

全国良寛会のご案内

全国良寛会は、ひろく良寛の遺徳を顕彰することを目的として、会の趣旨に賛同する団体、および個人を結集する唯一の組織です。

全国各地にある良寛会（48か所）と連絡・協調しながら、その活動や行事を紹介したり、情報の交換をしております。会員に対して年４回「良寛だより」を発行し、良寛に関する情報や行事などを紹介しています。

■会費は 年3,000円で、どなたでも入会できます。

ゆうちょ銀行に備え付けの振替用紙で 00620-0-1545

全国良寛会へお振り込みください。

口ずさむ　良寛の詩歌《うた》〈新装版〉

二〇一六年七月一五日　発行

発　行　全国良寛会
〒九五一―八一一二
新潟市中央区南浜通二番町五六二
北方文化博物館新潟分館内

発売元　㈱考古堂書店
〒九五一―八〇六三
新潟市中央区古町通四―五六三
☎（〇二五）二二九―四〇五八
F（〇二五）二二四―八六五四

印刷所　㈱ウィザップ

ISBN978-4-87499-850-2 C0192
定価はカバーに表示してあります。